历史之谜

少年科学推理小说

北京科学技术出版社

100 层童书馆

少年科学推理小说

历史之谜

复活节岛神秘石像

〔法〕索菲·克雷朋 著
〔法〕埃尔万·苏古夫 绘
夏冰洁 译

北京科学技术出版社
100层童书馆

前　言

这是一个虚构的故事，但它来源于真实事件。除洛杜以外，书中的其他人物和地名都不是我自己想象出来的。1872 年，作家皮埃尔·洛蒂确实在拉帕努伊岛旅居过一段时间，他在那里认识了阿塔木和罗阿丽泰。人类学家阿尔弗雷德·梅特劳和考古学家亨利·拉瓦歇里在 1934 年（小说里是 1924 年）也曾去拉帕努伊岛（也被称为"复活节岛"）进行考察。关于复活节岛的历史和当地居民的相关信息都来自世界各地的作家、历史爱好者、人类学家和历史学家的著作，如卡特琳·奥利亚克和米歇尔·奥利亚克、阿尔弗雷德·梅特劳、皮埃尔·洛蒂、让－埃尔维·杜德、亨利·拉瓦歇里、凯瑟琳·劳特利奇、托尔·海尔达尔、尼古拉·考维等。但是，我在小说中没有遵循事件的时间顺序，日期是我根据故事情节的需要添加的。我还虚构了很多事件以及人物的相遇，但在现实生活中，他们从未相遇。最后，我想说明一下，到目前为止，人们还不能证明印加人曾经到达过拉帕努伊岛，这只是一种假设，只是许许多多的假设中的一种。目前，一些南美的历史学家和一名魁北克研究者让－埃尔维·杜德是支持这一假设的。

序 幕

法国索镇，1987 年 9 月

亲爱的小读者，我不知道你是谁，不过没关系，这个故事是写给你的。你生活在法国吗？还是美洲、非洲，又或者是中国？好吧，我有点儿太唠叨了……毕竟，这不重要，重要的是你能记住我的故事，不管你是谁，我已经准备好开始讲故事了。

那好，首先，我有一个小问题要考考你：你听说过复活节岛吗？没听说过？这是一座位于太平洋中心的孤零零的小岛，离智利海岸有三千五百多千米。岛上的居民，也就是拉帕努伊人，称它为"拉帕努伊岛"。在波利尼西亚语中，它的意思是"地球的肚脐"。

在这座小岛上，有一些被称为摩艾石像的巨大的石头雕像，在全世界都非常有名！你可能在电视上或旅游杂志上见到过。我很幸运，因为我曾经，就像我的孙儿西蒙说的那样，"真正地"观赏过摩艾石像。我当时是多么激动！那是多美好的回忆啊！不过，大部分的石像是半埋在地下的，人们只能看到巨大的脸庞，紧绷的鼻子和结实的胸部。由于既没有胳膊又没有腿，它们看上去就像大地的囚犯！有时，它们出现在我的梦中，缓缓向我走来，瞪着珊瑚色的大眼睛，于是，我就被惊醒了……哦，你不要误会，我一点儿也不害怕摩艾石像。相反，我觉得它们很亲切，它们是想在我耳边向我诉说它们的秘密……

对了，我还没做自我介绍呢。我的名字叫皮埃尔·皮埃尔-洛蒂-维欧。我的爷爷，皮埃尔·洛蒂，是个海军军官，也是一位著名的作家。你知道吗？我爷爷可是见过大世面的人！他几乎走遍了全世界所有的陆地和海洋，从印度到土耳其，从塔西提岛到塞内加尔，从日本到印度，当他还是一个年轻海员的时候，有一天，他登上了复活节岛。咳！我向你保证，直到他很老很老的时候，他几乎每隔一个星期就给我讲一回那次的旅行！每次我去爷爷家，他都会一遍又一遍地讲给我听……仿佛复活节岛上有什么东西或什么人对他施加了魔法，让他永远都忘不掉他在那儿所遇到的一切……

现在，我的爷爷和我的爸爸已经去世多年了，而我自己，也已经变成了一个老人。因此，在我离开这个世界之前，我想告诉你，亲爱的小读者，复活节岛上的神奇故事，我想告诉你一个没有人知道的秘密，就连最伟大的考古学家都不知道！那么，我的小读者，你准备好了吗？我可是在等着你……

皮埃尔·皮埃尔－洛蒂－维欧

第一章

一个消失的文明

1923 年，我的爷爷 73 岁了，几年以来，我可怜的爷爷就一直是瘫痪的状态，不能行走，只能摇着轮椅在沙发和床之间来来回回。对于像他这样的旅行家来说，无法自由行动简直是巨大的折磨，因此，五月的一个早上，爸爸一大早就把我叫醒，比往常要早得多。

"快点儿皮埃尔，快穿上衣服，我们去昂达伊，你爷爷在家闷得慌！"

昂达伊……每次听到这三个字，我都会高兴得跳起来！这座小城在法国南部的巴斯克地区，我爷爷就生活在那里，爷爷家的老房子坐落在一个山丘上，面朝大海。我很喜欢这所房子，它看上去有点儿孤傲，但房子里面非常雅致，铺着摩尔风格的镶嵌瓷砖，还有东方风格的地毯和坐垫，我在那里度过了许多美好的时光。对我来说，每个房间里都隐藏着神秘的东西，有来自亚洲的小神像，有参照厚嘴唇的波利尼西亚人或者非洲人形象制作的面具；屋里还整齐排列着手枪、步枪以及装在精心雕刻的刀鞘里的刀剑；还有从地中海东岸的集市上淘来的巨大铜盘，旁边摆放着北非国家特有的水烟筒。我当时只有11岁，然而，我却记得那天大人们所讲的一切。我们在客厅坐下以后，爷爷用手指了指藏在中式屏风后面的一个小箱子。

"萨穆尔，箱子里有件衬衫，衬衫里包有我1872年在复活节岛上写的一些东西，你把那几张纸给我拿过来吧。"

于是，爸爸立马跑过去寻找，他继承了爷爷的爱好，喜欢远方和异域探险，他也曾听说过复活节岛的故事，但知道的有限。爷爷笨拙地拿起那些旧纸稿，放在自己的膝盖上，有一瞬间，他的眼神显得很迷茫，思绪不知道飘到哪儿去了。他那肿胀、布满皱纹的手轻轻地抚摸着装着纸稿的文件夹，沉默使空气凝固了。突然，他略微颤抖的声音在房间里回荡：

"我要告诉你一件事，儿子，你知道的，我经常对你说，我在复活节岛上度过了一段非常美好的时光。大概就是在那时，我产生了当作家的想法。可是，每当我想起复活节岛的时候，我都会感到深深的遗憾和懊悔。"

"爸爸，到底发生了什么事呢？"

爷爷没有直接回答爸爸的问题，接着往下讲：

"萨穆尔，首先，我想让你知道我是在什么情况下去拉帕努伊岛的。那是在1872年，我21岁，刚刚参加海军不久，还只是海军学院的学生。我在1871年3月15日于洛里昂登上船，开始了在南海上的漫长旅程。那是我的第一次海上探险……12月9日，我们在瓦尔帕莱索换乘'拉弗罗尔'号巡航舰继续在海上行驶。和大家一样，我焦急地盼望着到岸，因为我曾见过以前的航海家们带回来的神秘雕刻。"

爷爷停下来，开始在文件夹里翻找什么东西。他拿出几幅绘画仿作和画册，递给爸爸。其中，有一幅根据英国画家威廉·霍思奇的油画制成的版画，这位画家曾在1772—1775年跟随探险家詹姆斯·库克在太平洋进行探险。那是一幅风景画，天空乌云密布，地上隐隐约约可以看到大量摩艾石像的轮廓。

爷爷接着说道：

"复活节岛的来历众说纷纭。在瓦尔帕莱索，一个老水手十分确信地跟我说岛上住着野蛮的土著，他们以树根为食。人们甚至说有些土著还吃人肉，我不相信，作为一名海军士兵，我曾经查阅过海军部的一些资料，在登上船之前我读了很多，并没有发现这方面的记载。我查看了拉帕努伊岛的第一份地图，是西班牙航海家菲利普·冈萨雷斯在1770年绘制的。你知道拉帕努伊岛有多小吗？不会超过165平方千米……只是巴黎面积的1.5倍！我立即就对这个三角形的岛产生了强烈兴趣，而且我也喜欢那野茫茫的天地，荒凉的土地和它遗世独立的孤独……它就在大海的中心，与世隔绝，自1722年被发现以来，只有极少数船只曾经到达过那里。我当时也觉得我们很难登陆，因为小岛周围暗礁丛生，海风不停地呼啸……"

"如果拉帕努伊岛住的都是野人，那为什么会有摩艾石像呢？"爸爸突然打断了爷爷的话，"那些石像有好几吨重，野人们是怎么雕刻，并搬动它们的呢？你不觉得只有充满智慧的人才能实现这一伟大壮举吗？"

爷爷微笑着，点了点头。

"和所有人一样，我也思考过这个问题。你看，现在是1923年，我去拉帕努伊岛已经是五十年前的事情了。但至今从未有任何一个考古学家或人类学家能够回答这个问题！有些人觉得，复活节岛是在经历巨大的火山喷发或地震吞没之后，留下来的遗迹。或许在遥远的过去，岛上曾有过一个光辉灿烂的文明……"

就在这时，客厅的钟声敲响了十二下，该吃午饭了，西蒙娜走了过来，她是照顾爷爷的人。直到现在我都记得，当爸爸给我看其中一幅版画时，那些排列整齐的摩艾石像，使我有些悲伤。难道在我幼小的心灵里，已经从石像冷峻的脸上感受到了拉帕努伊岛人民悲惨的历史？可是，爸爸不了解我的心思，他以为我很害怕，就递给我一个拨浪鼓让我玩，那是爷爷从印度带回来的。

詹姆斯·库克

（1728 年—1779 年）

詹姆斯·库克是英国著名探险家，曾在太平洋地区有多次重大历史发现。他在 1772 年至 1775 年的第二次环球航行时，中途在拉帕努伊岛停留了三天（1774 年），对摩艾石像做过详细的描述。正因为他的游记，复活节岛的故事才广为人知。

让-弗朗索瓦·加劳普·德·拉彼鲁兹

（1741 年—1788 年）

让-弗朗索瓦·加劳普·德·拉彼鲁兹是法国航海家，曾受路易十六派遣，前往太平洋地区进行探险。他于 1786 年到达拉帕努伊岛，和助手们在岛上进行了考察，记录了岛上的植被，绘制了精确的地图，在地图上标记了摩艾石像以及居民住房的具体位置。他的考察队送给当地居民白菜、胡萝卜、玉米、南瓜等的种子，还送了一些山羊和绵羊。

第二章

头与骨

午饭过后，爷爷继续讲他的故事。他什么都记得很清楚！"拉弗罗尔"号于 1872 年 1 月 3 日到达拉帕努伊岛，那一天狂风肆虐，全体船员都认为最佳停靠地点是库克湾。我们的巡航舰刚刚停下来，一艘从岛上来的捕鲸艇就向我们开来。船上有一个丹麦老人和一个缠着灌木桑树皮带的当地人，他的嘴唇上有蓝色的文身，头发是淡红色的，扎着高高的辫子。

"欧洲人也生活在复活节岛上？"爸爸惊讶地问道，"他们来自哪里？从什么时候开始住在岛上？"

爷爷皱了皱眉："我在那儿的时候，只看到一个欧洲人，但我知道岛上不止有一个欧洲人。我想可能是些传教士……不过，我也不知道那个丹麦人从什么时候开始住在岛上，那个跟在他后面的当地人叫皮特罗，他给我留下了很深的印象，他的表情和眼神很忧伤，但是，和我们一起上船之后，他就不停地给我们唱啊，跳啊，一直到很晚。慢慢地，其他的拉帕努伊人也乘独木舟向我们驶来，当时一共有十多艘船围着我们的巡航舰。孩子要是你也能看到那个场景就好了。那是一群缺衣少食、生活悲惨的人民，但他们依然像孩子一样天真地笑着！他们送给我们船桨、长矛、石器和雕刻的神像，以换取衣服……我们的指挥官下令，次日登陆拉帕努伊岛。他想要大家一起去寻找摩艾石像，顺便去打猎，寻几只野兔当晚餐。

"我永远都会记得第一次踏上小岛时的情景……黑色的云在天空翻滚着，海面上波涛汹涌，浪拍打着暗礁，天色阴暗，风冷飕飕的。清晰的海岸线不断延绵，远处有几处高地，我们辨认出那是古老的火山群——其中一座，拉诺卡火山给我的印象极其深刻。令人不安的火山耸立在一片死气沉沉的平原上。这样的景象起先让我害怕，我觉得自己仿佛进入了一个与人类文明敌对的世界……我们走在沙滩上，看到十多个拉帕努伊人从岸边低矮的茅屋里缓缓地走出来，就像来自遥远的过去的幽灵……我常常在思考拉帕努伊人的起源问题，自从我遇见他们开始，这个问题就一直困扰着我……他们难道是一个被遗忘的史前部落的后代？他们是怎样征服这片与世隔绝的土地的？岛上连一棵树都没有，他们的独木舟是从哪里来的？"

"爸爸，快继续讲！"我爸爸迫切想知道之后发生的事情。

爷爷示意爸爸不要激动，喝了一杯水之后接着往下讲：

"我们当中有些人继续沿着海滩走，我留在了拉帕努伊人中间。他们在我周围围成一个圈，扭动着身子唱唱跳跳。从我到那儿的第一天起，我就交到了一些朋友。是的，给予我信任的朋友。我们在一起探险时发现了很多人类的骨架和头颅，但我在他们身边却从未感到害怕……"

"这么说，瓦尔帕莱索的老水手说的是对的！"爸爸惊叹道，"拉帕努伊人以前有食人的传统！"

"这个习俗在 1872 年的时候就没有了。但是，和太平洋上的其他岛屿一样，以前真的存在过这种习俗！至于在哪个时代，我就说不清楚了……总之，我那时候和皮特罗成了好朋友，然后，很快又认识了两个年轻人，阿塔木和吴伽，还有两个女孩，玛丽和罗阿丽泰。他们带我去了岛上的两个村子：安加罗阿和马塔韦里。通过他们，我又认识了岛上的几个首领。他们太老了，看上去像老巫师和木乃伊！首领们的头上戴着黑色鸡毛头饰，胳膊上和腿上布满了复杂的文身。他们邀我到家里做客，天啊，他们太穷了！他们住在用芦苇和树枝建成的简陋茅屋里，我得弯着身子才能进去，因为门口最高才不过 1.5 米，而且在屋里也直不起腰来，大家都坐在铺着灯芯草席的地上。仅一个茅屋就要容纳五到七人的家庭，还要加上猫和兔子。屋里黑乎乎的，跟烤炉一样！在里头待的时间长了，我的眼睛也慢慢习惯了黑暗，渐渐地，我看到墙上挂着一堆东西：人脸形状的雕花船桨、贝壳项链、狼牙棒、用黑色木头雕刻的神像……他们给了我一些作为礼物，我也回赠给他们一些小玩意儿和衣服。孩子，这些东西将来都是你的。"

爷爷又一次中断了他的讲述。

"那些摩艾石像呢？"爸爸问道，"给我们讲讲石像的故事吧！"

听到这个问题，爷爷的眼睛里突然满含泪水。

"我刚才和你说过，那次拉帕努伊岛之行给我留下了许多遗憾和悔恨。虽然对于'拉弗罗尔'号海军中尉的所作所为我没有责任，我还是很惭愧……从某种程度上讲，我背叛了拉帕努伊人……"

第三章

萨穆尔的任务

这时，西蒙娜突然出现在客厅。

"你们对老爷子做了什么！别让他累着呀，他的身体现在很脆弱！"

爷爷揉了揉眼睛，把手放在西蒙娜的胳膊上，让她别大惊小怪。

"我的好西蒙娜，这没什么的，不要紧，我只是越老越多愁善感了。"

西蒙娜给爷爷泡了杯茶，又在他背后塞了个靠垫。爷爷接着讲：

"我们到达那里的第五天早上，海军中尉把我们船上的一些人召集在一起，他要求我们搬走一座摩艾石像，带回法国去。'这是殖民部的命令！'他对我们说。中尉让我们做好准备，第二天一早就出发。他让我也跟着一起去，因为他注意到我和拉帕努伊人的关系很好，而且我会画画，还画过阿塔木前一天晚上给我看的那些石像。中尉这次让我画那座我们要带回去的摩艾石像，叮嘱我要画得真实自然。他严肃地对我说：'这些画将作为插图放在我要写的复活节岛探险报告里，一起上交给海军和殖民部'。

　　"第二天，我们一百多人登上了一支护卫艇，还带了一个临时制成的手推车。说起来真是可笑，中尉认为这是一次庄严的行动，应该声势浩大一些。当我们的护卫艇停靠在岸的时候，他命令我们排成队列，听着军号整齐前进。不知怎么的，我们要搬走摩艾石像的消息在拉帕努伊人中间传播开来，他们全部聚集在沙滩上，严阵以待。

　　"天啊，孩子，我真希望你看到当时那个场景！他们大吼大叫，像疯了一样不停地扭着身子，听到军号后，他们的反应更加激烈！下了船以后，我们准备深入岛屿腹地，这是我们第一次迈向岛屿的深处，我们有些不知所措，然而，海军中尉心中有数，他知道自己要做什么。之前我们遇到的那个丹麦人悄悄告诉了他一个秘密：在北部海岸，库克湾的另一边，有一座废弃的巨大神殿。中尉确信能从那儿立着的十多座保存完好的石像中选一个最好的。几个当地朋友：皮特罗、吴伽和罗阿丽泰跟着我一溜小跑，但不知道为什么，阿塔木开始和我保持距离。他的脸上有一种我说不出来的忧伤和敌视，而他平时不是这样的……

"那天下着雨，天色阴沉沉的，空中没有一只鸟儿，周围一片非同寻常地寂静。我们一连几个小时都走在满是石块、荆棘、野甘蔗、杂草丛生的，凄凉的平原上。到处都是桑树——这是一种低矮的灌木，拉帕努伊人用这种木头来雕刻小型神像以及制作一种被称为'塔帕'的树皮布。有时候，我们会看到山谷里枯死的大树，暴露在外面的树根仿佛伸向天空的手指一般。由于火山阻挡了视线，我们看不到大海了。丹麦人对我们说这一地区已经很久没有当地人居住了，然而一个细节引起了我们的注意。"

"是什么？"爸爸急切地问。

"我们在平原上看到了十多条铺满碎石、精心修建的小路……"

爸爸惊讶地张大了嘴，他在想，如果说没有一个拉帕努伊人生活在这片偏僻的地方，那么这些小路是谁修建的呢？

爷爷没有回答爸爸心中的疑惑，接着讲他的故事。

"吴伽和皮特罗走在前面给我们指路，走了一段时间后，他们改变方向，我们跟着他们，上了一条沿海大道。几分钟之后，他们用手势告诉我们目的地到了。但奇怪的是，我们并没有看到摩艾石像！眼前只有一堆堆被切割过的巨大石块。"

"它们使我想起曾在秘鲁见过的祭坛和宏伟寺庙。仿佛曾经有一些愤怒的巨人将这些石块推倒并扔得到处都是！"

爸爸点点头，眼里满是激动的神情。

"你说的这些让我想起了希腊的巨大城墙。爸爸，你还记得吗？英国考古学家阿瑟·埃文斯最近发现了一个古老的文明……呃……是迈锡尼人吧？他们的宫殿那么高，那么大，他们真的是人类吗！据说当时的人们建造城墙是为了自我保护，以免遭到水蛇和独眼巨人的伤害，但这些怪物都是他们凭空想象出来的，根本不存在！拉帕努伊人也相信传说中的妖怪吗？"

爷爷笑了起来。

"孩子，别那么激动！我那天在拉帕努伊岛看到的遗迹和迈锡尼宫殿是完全不一样的！拉帕努伊人把那堆大石头称为'石头祭台'。据说祭台上曾经耸立着一些面朝大海的神像。突然，皮特罗和吴伽像着了魔一样狂跳不止，他们朝我招手喊道：'快过来，快过来看！'可是我什么也没看到！我们的队伍也跟了过去，我们爬到那堆大石台上，绝望地向四周看。上将嘴唇紧闭，怒气冲冲，一言不发。什么？走了这么多路，做了这么多准备，却什么也没看到！原来是被骗了？哼！我要让那个丹麦人知道我可不是好惹的！突然间，皮特罗抓住了我的袖子，让我跪下，并用手掌轻轻按了一下我的后脑勺，让我低头看自己的脚。然后……啊，萨穆尔，我真希望你能看到当时的景象……我的脚正踩在一个摩艾石像的巨大眼眶上！原来我们已经踩在石像上走了十多分钟，竟然毫无察觉！"

爸爸惊讶地"啊"了一声。

"所有的摩艾石像都倒塌在地吗？"

"是的，的确如此……它们有的朝这边倒，有的朝那边倒，有的脸朝地，所以我们没有立即发现它们。"

"是谁把它们推倒的呢？是因为你刚才说的火山喷发或者地震吗？难道是拉帕努伊人之间发生了战争？或许是和外族的战争？"

"萨穆尔，没有人知道答案，拉帕努伊岛太神秘了！"

"那你们最后怎么做的？"

"一切都发生得太快了……"

有一瞬间，爷爷的目光又黯淡下来，他喝了一口水，艰难地咽下去，接着往下说：

"中尉开始发号施令，指挥大家行动。水手们用绳子、临时制成的滑车以及各种不同的杠杆把几座石雕翻了个遍，选了一座保存最好的，然后，他们拿出了锯条……"

爷爷中断了讲述，脸色痛苦，艰难地往下说：

"那些锯条很大，用来把摩艾石像的头割下来……啊，萨穆尔，我太后悔了！我感觉自己做了一件侮辱神灵的事情！我们很难把一整座摩艾石像搬运回去……它实在是太重了……"

爸爸俯向爷爷，刚想说几句安慰的话，爷爷就继续往下讲了：

"我对不起岛上的人们。萨穆尔，我希望你能为我做两件事情，我想把我在那边画的五本摩艾石像的画册送给他们。这是我亏欠他们的，因为我们偷了他们的石像……我离开这个世界以后，你能为我做这件事吗？"

爸爸点了点头。

"还有，我希望你找到罗阿丽泰，如果她还活着的话……"

"为什么？"爸爸惊讶地问。

爷爷叹了口气，目光游离。

"那是很久以前的事了……我当时还不认识你妈妈。罗阿丽泰是我美好的初恋，我爱上的第一个女孩，而我却不得不离开她。"

爷爷的嗓音有些沙哑：

"她不能跟我们一起坐船回去……海军中尉严厉地对我说不可以，我不敢违背命令。我简直太懦弱了！"

© Bianchetti/Leemage

皮埃尔·洛蒂

（1850 年—1923 年）

皮埃尔·洛蒂是法国作家、海军军官，原名路易-玛丽-朱利安-维欧，一生做过多次旅行，从塔西提岛到塞内加尔，从日本到土耳其。他写过多部小说，其中最有名的小说为《冰岛渔民》。他在"拉弗罗尔"号巡航舰担任士官时，曾写下日记《复活节岛》，讲述了在岛上的见闻。皮埃尔·洛蒂的儿子叫萨穆尔，外孙也叫皮埃尔，同本书叙述者的名字一样！

波利尼西亚人

拉帕努伊人是波利尼西亚人的一支。现代基因研究以及语言学研究证明，拉帕努伊人的祖先来自3000至3500年前的东南亚地区，复活节岛在大约10世纪时才被开发，是最后一个被开发的岛屿。波利尼西亚人通过星星和鸟群辨认方向，他们建造了一些长达30米的双体船，以此来运输植物、树木和粮食种子（有面包树、山药、红薯）以及畜禽（猪、狗和鸡）。

第四章

博物馆里的摩艾石像

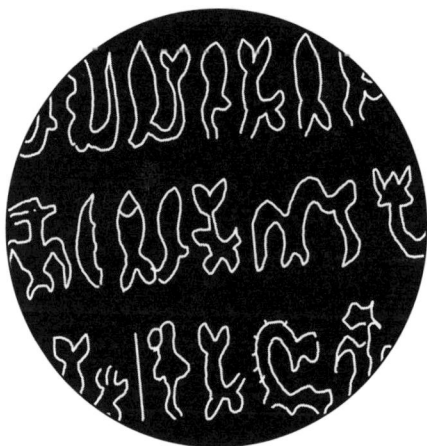

那段时间是我和爷爷相处的最后时光。皮埃尔·洛蒂在讲完他的故事几个月后就去世了，那时我刚刚12岁。葬礼那天，我求妈妈让我穿上我的小海军服，当我戴上绒球贝雷帽，穿上蓝白条纹的水手衫和水手工作服的时候，别提有多自豪了！我抬起胳膊，手指挨着太阳穴，抬起下巴，目视前方，四处喊着"敬礼"。我想模仿大人们，我知道爷爷那些军官朋友都会来参加葬礼，他们会穿得非常隆重，向爷爷做最后的致敬。由于政府下令为爷爷举办国丧，法国有名的作家、艺术家和探险家都从四面八方乘着火车、汽车、有轨电车或公共汽车来到爷爷的故乡罗什福尔。

葬礼弥撒结束后，覆盖着法国国旗的棺材被搬运到一个满是鲜花的旧灵柩台上。一排身着黑色礼服、头戴黑色礼帽的优雅男士和穿着长裙、戴着钟形女帽的女士们一起，伴着管风琴乐，缓慢地经过爷爷的遗体，俯身致敬。我迫不及待地想去外面呼吸新鲜空气，屋里焚香的味道让我喘不过气来，我想赶紧离开黑压压的人群，和家人一起乘船去奥莱龙岛，按照爷爷的遗愿，他的遗体将被安置在那里。

爸爸让我保证绝对不把爷爷的秘密告诉妈妈布莱什，如果她知道大名鼎鼎的皮埃尔·洛蒂曾经爱上过一个土著的话，肯定会大惊失色的，毕竟，一说到土著，大家都会表现出鄙夷的神情。我妈妈是个贵族大小姐，肯定受不了这种丢脸的风流韵事……所以爸爸只能偷偷地行动。

我们回到巴黎后，某天晚上，我听到爸爸正在和一个神秘人打电话，他们两人谈到一个造船厂和正在建设的军舰，名为"黎峨"号。只听爸爸不断向对方重复道："您一定要及时联系我，就靠您了！"但是他们说的是什么呢？我问爸爸，他不告诉我。然后，在 1924 年 6 月 2 日早上，爸爸对妈妈说他在特罗卡德罗宫与人类学博物馆馆长保罗·希维有个重要的会面，让我惊讶的是，爸爸竟然要我跟着他一起去。妈妈皱了皱她纤细的眉毛，嘀咕了一句：

"这又是从哪儿冒出的事儿？我再提醒你一遍，加斯东·莱维先生还等着你修改爸爸的日记呢。"虽然那天阳光很好，妈妈还是不乐意让我出去，因为我有点儿感冒，一直流鼻涕，但爸爸坚持让我去。十点钟，我们坐着新买的雪铁龙汽车出发了，它还有个漂亮的名字，叫"小柠檬"。半小时后，我们在特罗卡德罗宫前停了下来，让我惊讶的是，进门居然没有收费，爸爸只是和门卫室里一个戴着发簪的年轻女士友好地打了个招呼，我们的车就开了进去。显然，爸爸不是第一次来这里，他领着我大步流星地走进博物馆，我不得不跟着他一路小跑。

"爸爸，我们去哪儿？"

爸爸不回答我，又加快了脚步，我怕摔倒，一直低头看着脚下。突然，爸爸停了下来。

"快看……"

我抬起眼睛。

"啊啊啊啊啊啊啊！"

在离我几十厘米的前方，一座石像正打量着我。上一次我这么惊叫的时候，还是在海边，因为一个水母贴到了我的耳朵上……看到我吓得用手捂住脸，爸爸放声大笑起来。

"你认不出来了？"

我站在那里呆若木鸡，于是，爸爸从口袋里拿出爷爷的画册来。对呀！原来是"拉弗罗尔"号从拉帕努伊岛运回来的摩艾石像！薄嘴唇，长鼻子，大耳朵，赌气的神情……

"皮埃尔，我的孩子，我想让你亲眼看到它，也是为了让你记住你爷爷。"

我定睛望着石像。那时我年纪还小，不懂得欣赏，我觉得摩艾石像丑陋无比。

"我还有件事要告诉你。"

爸爸俯身对我说：

"我要坐船去复活节岛。"

我吃惊地瞪大了眼睛。

"爸爸，我也要去！带上我！"

"不可能，绝对不行，你太小了，你还要去上学。"

我想抗议，可是爸爸继续说：

"今天，我和探险队的组织方见面，我将与一队法国和比利时的人类学家和考古学家组成的科考队一起，大概要去几个月的时间。这是实现我对你爷爷的承诺的唯一机会，我不能失去这个机会！我知道你妈妈一定会怨我，但她会理解的。"

"那我怎么办？"

"你乖乖在家等我，照顾你妈妈。"

接着，传来了一阵嗒嗒嗒的脚步声，爸爸站起来，脸上泛出笑容。

"是希维先生，这么铿锵有力的脚步声，我一下就听出来了！"

爸爸转过身去，和向我们走过来的男士握了握手。不过，大人们和小孩打招呼的方式真奇怪，他们喜欢一个劲儿地摸小孩的头发，把它弄乱。

"这是我儿子。"父亲指着我说。

"他们通知我说您今天过来，欢迎欢迎！"

希维先生心不在焉地对我笑了笑，接着定睛看着爸爸，眼睛闪闪发亮。他低声一字一顿地说：

"我给您带来了一个天大的好消息。"

爸爸先是吃惊地看着他，而后马上反应过来。

"什么时候？"

"这周末。海军部通过了我们的请求，比我们之前想象的容易多了！"

爸爸有些神色慌乱地瞥了我一眼，接着感叹道：

"比我想象的早多了！"

第五章

一次难忘的坐船经历

亲爱的小读者，你可能已经猜到了……我当然没有就这样乖乖听话。由于爸爸此次出行有些匆忙慌乱，我趁机耍了个花招。

出发的当天早上，行李箱堆在门厅，妈妈在一旁唉声叹气，要我上前去和爸爸说再见。我用洋葱使劲儿揉眼睛，故意哭丧着脸，装作很伤心的样子。爸爸和司机在餐厅说话，这个司机是爸爸专门找来接他的。我固执地拒绝送爸爸上火车，一把鼻涕一把泪地，对爸爸妈妈和西蒙娜（爷爷过世后西蒙娜就来了我家）说我头疼得厉害，想马上回屋睡觉，不想送爸爸去车站了，免得离别伤心。我还对他们说我需要休息，所以天黑前都不要打扰我。爸爸紧紧地拥抱了我之后，我就跑回我楼上的房间去了。我从衣橱里拿出一个长枕头，把睡衣套在上面，然后把袜子塞到袖子里去，让袖子露在被子外面一点儿。这样，要是西蒙娜从门口瞄我一眼，屋里比较暗，她会以为我还在床上睡着。想想这个主意多妙啊！当然，要是她靠近的话，那就露馅儿了。

火车站离我们家只有一千米，我偷听过爸爸谈话，知道他要在洛里昂上船。我不知道怎样从巴黎到洛里昂，但我知道如何步行去火车站。就在前一天，我已经打包好我的小行李，带上几件衣服，包括我的小海军服和一双备用的鞋子。我悄悄地从厨房后门溜了出去，比爸爸出发得还早。亲爱的小读者，我就不跟你详细讲述我是怎样到达火车站的了，检票员看到我一个小孩儿孤身一人，差点要报警，着实吓了我一大跳。

检票员一转过身去，我就连忙溜到了站台上。有两列火车停在那儿，该乘哪一列呢？正苦思冥想之时，我突然看到爸爸出现在站台的另一头！眼看就要被发现了！我急忙跑上了离我最近的那列车。真幸运啊，我乘对了车。爸爸向妈妈依依不舍地告别之后，就走进了一等车厢。我溜进三等车厢，在木头座椅上坐了下来。整个旅途我都得和检票员玩"捉迷藏"，尤其是到换乘的时候。最后，我们终于到了洛里昂……我决定不跟着爸爸走，而是直接独自去港口，因为我知道船的名字：黎峨。要是看不到那艘船的话可就完蛋了！我知道那是一艘"殖民地巡洋舰"类型的军舰。在家的时候我偷偷翻过书房里的一本封面闪闪发亮的厚书，里面展示了海军部所有类型的船只。从图片上看，"殖民地巡洋舰"是一艘又细又长的船，不是很高，有两只烟筒和两根桅杆。

当我到达港口的时候，天色已经暗了下来。我不知道爸爸在哪里，是否到了港口？船将在夜里起航，前往非洲，再穿过大西洋，开往南美洲。我得趁着天黑溜到船上去。可是，是哪一艘船呢？正在这时，我看到了几个旗手和一个中尉从小饭馆里走了出来。他们穿的军服和爷爷葬礼上那些军官的衣服一模一样，因此我断定他们是属于海军部的。我真是太幸运了！我可以直接跟着他们去专门停泊军舰的港口。

一个小时以后，我还没有上船，但已经在船跟前了，周围是一片漆黑的港口库仓。过了一会儿，几十个水手陆续登船，我在离他们几米的距离悄悄地观望着。溜进队伍里跟他们一起登上舷梯，看上去很容易嘛！突然，我听到一阵说话声，有几个男的朝这边走过来。是爸爸！他刚和船长在市中心吃完晚饭回来，他们身边还有另外两个男人，应该是人类学家或考古学家。他们身后有大概十多个年轻的实习水手提着行李箱。

"把箱子放下吧。"船长命令道。

年轻水手们汗流浃背，终于放下了沉重的担子。船长微微倾斜身子，礼貌地示意他的贵客们登上舰艇。

"我们上去吧，这些年轻人会照看你们的行李的。"

爸爸正要上船，突然嚷嚷了一句：

"哎呀！我忘了买烟了！"

说着，他朝一个年轻水手转过身去：

"小伙子，给你30法郎，给我买包黄烟。"

我对自己即将要做的事情感到有点儿羞愧，但也没办法，我只能跟在那名年轻水手后面……一群小混混在港口的小酒馆周围闲逛。我身上有点儿钱，想让他们帮我去抢年轻水手的制服，因为我不敢自己去。但是那些家伙根本不想搭理我，于是我从包里拿出了我的小海军服。

"喏，我用这身海军服跟你换那个水手的制服，"我对小混混的头目说，"这件衣服很贵的，可是货真价实的海军军服，是我爸爸找人为我量身定做的噢。"

我也不知道他们对那个水手做了些什么，总之，几分钟以后，这些小无赖就把战利品给我带回来了。我躲到旁边的一个旧仓库里迅速换上制服，一路跑向"黎峨"号军舰。那些年轻水手们和行李箱都不见了，只见甲板上站着一个士官，他大声对我喊道：

"哎！赶紧的！快点儿！就差你了！"

在经过他身边时，我真怕被他发现。但他根本没正眼儿瞧我，他很可能不认识所有的实习水手。终于，全体船员都已就位，"黎峨"号军舰即将开始它的第一次巡航。我把烟袋递给那个军官，对他说：

"长官，我今晚还要执勤……而且已经迟到了。能不能麻烦您把这袋烟交给洛蒂先生？"

那名士官不情愿地咕哝着抱怨了几声，但还是同意了。耶！我终于成功了！我只要再悄悄溜到见习水手的船舱里去，开船之前没有人发现我，一切就万事大吉了！一旦军舰出海，爸爸就再也没有机会把我送回家里了……

启程的第二天早晨，我就露馅儿了，还好我们已经出发几个小时了。爸爸愤怒地揍了我一顿，冲我大喊大叫，劈头盖脸地威胁我，数落我。我在这里就不和你们详细讲述那个可怕的场景了。但让我惊讶的是，船长和著名考古学家亨利·拉瓦歇里，还有一位年轻的人类学家阿尔弗雷德·梅特劳都跑过来帮我说好话。我和当时仅32岁的阿尔弗雷德的深厚友谊就是在那时候建立起来的。几天以后，爸爸终于消气了，甚至还很乐意让我睡在专门为他安排的客舱里。

一个多月以后，1924年7月27日那天，我们终于抵达安加罗阿镇上的拉帕努伊岛。亲爱的小读者，说实话，刚到的第一天，我们都失望极了。岛屿已经完全没有了爷爷那个时候的面貌，没有一点儿异域风情。拉帕努伊岛已经归属于智利，由一名总督管辖。那位总督人倒是很好，热情地接待了我们，为我们提供住所。我们对当地的居民也很失望，我本来期待着遇到和我们完全不一样的人类。可是，拉帕努伊人虽然穷，但穿的和我们西方人一样，而且会用西班牙语、法语或英语和我们交谈。

在镇上，我并没有看到爷爷描述的那种茅屋，只有木头房子和钢板房。村镇周围是一片起伏不平的黄色草地，地上还有很多黑色的石块。我们惊讶地看到几千只羊穿过草地。总督对我们解释说，整座岛屿几乎都租给了英国公司威廉姆森＆巴尔弗。可怜的拉帕努伊只剩不到六百当地人，还被圈禁在镇上，通往岛上其他地方的路都被带刺的铁丝网封锁了！

爸爸不明白为什么拉帕努伊岛在1872年至1924年间发生了如此大的变化，后来，人们告诉了我们……在智利人到达这里之前，曾经有好几次，黑奴贩子们来到这里抓走了很多当地居民，把他们贩卖给秘鲁的农场或鸟粪肥料场做奴隶。

总督说，最后一次大搜捕非常恐怖：岛上的首领、祭司和学者都被抓走了！虽然有塔西提岛的主教的帮助，想方设法把奴隶们送回岛上，但大多数人最终还是死于残酷的虐待和疾病。几起悲惨的事件过后不久，欧洲传教士们就来到了岛上，为居民们行宗教洗礼并帮助他们。一个叫作杜图·博尔涅的法国探险家，一个粗鲁的男人，在这里建立了一个农场，但后来离奇地遭到了暗杀。听着这些坏消息，我和爸爸都很难过地看着彼此。阿尔弗雷德眉头紧皱：如果岛上的原住民全都去世了，他将怎么进行人类学的考察研究工作呢？要探索摩艾石像的秘密，又该去问谁呢？

从第一个星期开始，我们就逐渐忙碌起来。星期二，爸爸和亨利决定深入岛内，去探索拉诺拉拉库火山。离开总督府两个小时以后，他们终于亲眼见到了伫立在羊群之中的摩艾石像。那些石像依然竖立着，和爷爷那时候看到的倒在地上横七竖八的、破碎的石像大不相同。总督允许我们的考察队在岛上任何地方活动，于是爸爸和同伴们毫不犹豫地穿过了带刺的铁丝网，深入岛内腹地。

十多座巨大的石像从火山坡上露出来，歪歪斜斜的，有的向左右倒，有的向前后倒，看上去仿佛在蹒跚前行。"它们真像是一些喝醉了酒的，正在行走的士兵啊！"爸爸那天晚上回去之后对我说，"离火山口越近，石像就越多！它们又像是守卫，拦在那里不让我们继续往前走似的。"当他们往火山顶爬的时候，爸爸没多想就走向一座保存较为完好的石像，突然……只听扑通一声！亨利惊讶地看到我爸爸消失了！像是被大地吞噬了！吸进去了！吃掉了！

现在回想起来，爸爸当时真是太幸运了……他掉进了一个两米多深的熔岩石洞里，幸好他落在了一片苔藓上，没摔得太惨。可是这把他吓得不轻，五个小时以后，我们看到亨利搀扶着可怜的爸爸回来了，他满身大汗，手腕上打着石膏，脚踝也缠着绷带。第一天探索的代价实在是太大了！岛上的医生建议送爸爸去圣地亚哥进行治疗，可是被爸爸一口回绝：这种小伤怎么会妨碍我在复活节岛上继续探索呢！

第三天，我们又骑马回到了那座有陷阱的石像下。一眨眼的工夫，我们就清除了覆盖在地洞上的枯草，于是，亨利和阿尔弗雷德带着灯、绳索、安全背带和冰镐，先下去一探究竟。我焦急地和爸爸在上面等待着，不停俯身往下看。十五分钟过去了……半个小时过去了……依旧没有动静。爸爸等得快不耐烦了，突然底下传来了阿尔弗雷德激动的声音：

"萨穆尔，快让你儿子皮埃尔下来！放心吧，没有任何危险！让他下来看看我们的新发现！"

"啊？那我呢？"爸爸愤愤不平地说。

"你啊，谁让你受伤了，在上面老实待着吧！"

爸爸低声抱怨了几句，但还是在我背上系上安全绳索，慢慢地把我放下去，阿尔弗雷德在底下接住了我。一开始，我还不适应洞里的黑暗，什么也看不到。慢慢地，我看到右侧有一些光滑的巨大石块，看上去像是人工打造的。阿尔弗雷德没有说话，只是用手势示意我跟着他。于是，我跟着他蹲下去，爬到贴近地面的，一个张开的洞口里。我们在这个羊肠一般狭窄的通道里爬了几分钟，我不敢对阿尔弗雷德说我怕黑，不然他会笑话我的……亨利在另一头的一个更大的洞穴里等我们，光线从岩石缝隙里透进来。这下，我惊讶地叫出声来。在我们头顶的岩壁上，还有铺着石板的地面上，竟然有好几百张脸……他们有着宽宽的鼻子，扭曲的嘴巴，一双双圆溜溜的大眼睛，正吃惊地盯着我们。

"这些是岩刻，"阿尔弗雷德小声说，仿佛不愿打扰这些灵魂的宁静，"是在石头上做的雕刻……"我按捺不住好奇心，问道：

"这里是一个史前人类的洞穴，对吧？"

"我也不知道，皮埃尔。"阿尔弗雷德悄声说，眼睛瞪得大大的。

我凑上去仔细观察凹凸不平的岩壁。除了人面像之外，四处还刻满了几何图形、植物和古怪的动物图集：有鸟头人身的怪异生物、畸形的乌龟，还有触手巨长无比的章鱼……

"还有其他的东西！"亨利突然叫起来。他刚刚一直在研究一堆碎屑，"你们看……"

我以为他手里拿的是一块火山石，但他摇了摇头。

"不，这是一块烧焦的木头。"他一边说一边用指甲刮了几下，"看来，最近有人在这里生过火。"

阿尔弗雷德站在一旁，惊愕地问：

"啊……什么意思？"

亨利站起来，两眼激动地放光，对一头雾水的阿尔弗雷德说道：

"说明这个洞穴有人居住，有人秘密地住在这里……"

© DeAgostini/Leemage

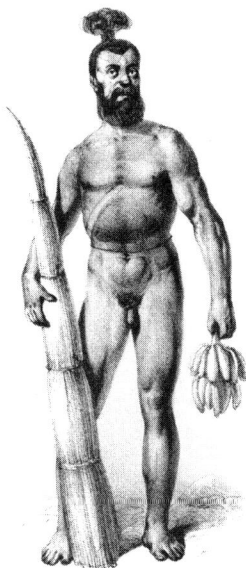

© DeAgostini/Leemage

一种神秘的文字

"朗戈朗戈"这种文字符号记录了一些动物、人脸和几何图案。这些符号由欧仁尼·埃罗德在 1864 年发现。他在给上级的一封信中写道："在所有的房屋里，我们都发现了一些小木板或者木棍，上面刻着难以理解的符号，还有从未见过的鸟类的图案，这些图案是当地人用锋利的石头刻上去的。"目前一共发现了 25 块小木板及木棍，其余的大概都被毁坏了。如今，"朗戈朗戈"依旧是一个谜！

一座迷你小岛

复活节岛位于距离智利海岸 3500 多千米的海上，长时间与世隔绝。50 多年以前，每年都会有一艘船登陆小岛，为其供应各类必需品，然而，每年只有一次供给！

复活节岛在 75 万年前因火山喷发而形成，因此，它的地下有许多熔岩洞。小岛的面积不超过 162 平方千米，仅是巴黎面积的 1.5 倍！

© Selva/Leemage

特雷瓦卡火山
卡蒂基火山
拉诺拉拉库火山
普纳帕乌火山
拉努科火山

复活节岛
彼纳尔及
赛格莱官员绘制
1877 年

第六章

地下深处的居民

那天晚上回去的时候，我们一致决定什么也不告诉总督。我们想自己做调查，不想受到干扰。又经过了一次深入的探索之后，我们确信在我们脚下，在大地的最深处，有一群数量相当庞大的人类隐秘地生活在这里。在有岩刻的岩洞周围，我们又发现了大约六个通道，有些通往死火山顶，有些穿过平原，向大海方向延伸。

阿尔弗雷德和亨利越来越激动了，每走一步，他们都会看到一些简陋的炉子，看上去完全可以使用。更令人震惊的是，我们在最宽的通道里发现了一些凸起的平台。这种奇怪的建筑像一张张大长椅，四周由矮墙围着，形成了一个个不同的"房间"。

亨利走了几步，很容易地就进了一个房间。在第一个房间里，有十多个长矛尖儿、钓鱼钩、骨针，还有用黑曜岩打造的像史前石器一样的工具，它们全都散落在地上，有一半被土覆盖着。"噢！啊！"在第二个房间里，我们听到他不时发出惊叹声，原来岩壁上雕刻着大片大片的海鸟，地上堆积着十多件风格不一的木雕，有的形状像蜥蜴，有的形状是鸟头人身，还有几个放着小神像的稻草盒、形状像人头的船桨和骷髅雕像。在其他一些房间里，有雕刻着老鹰、猴子和美洲狮的壁画。亨利又一次惊呆了：这些动物没有任何一种居住在拉帕努伊岛，拉帕努伊人的祖先怎么会知道这些动物的存在？

后来，亨利告诉我他当时惊讶的另一个原因：他在波利尼西亚其他地方从来没看到过这种岩石雕刻，拉帕努伊岛的艺术光辉灿烂，令人震惊！我不明白这是为什么，他解释说：

"根据我以前的考古经验来看，一个地方的居民如果长期被困在一片很小的土地上，要想有很强的创造力是很难的，简直是不可能的。然而，复活节岛是那么小，居民们在这里的生活与世隔绝，他们是怎样找到创作灵感的呢？只依靠他们自己的力量，怎么能掌握那么多不同的技术呢？"

实际上，雕刻并不是这些神秘的洞穴人所擅长的唯一艺术形式，我身旁的大人们更加困惑了。一天终于要结束了，我们一连几个小时都在微弱的光线之下，对我们的新发现进行绘图、拍照、记录、编号，再把我们认为有用的东西装在事先准备好的一个袋子里。工作了一整天，大家都筋疲力尽。当我们正打算原路返回的时候，阿尔弗雷德提议探索最后一个通道，那个通道更狭窄，尽头被夕阳的光辉照耀着，可能离出口不远。因此，我们就进去了，越接近光源，阿尔弗雷德的脚步越快。我听到他喃喃地说：

"不……这不可能……他们是怎么做到的？"

最后，他感叹道：

"天啊！你们快来瞧瞧！人们竟然在地下种蔬菜水果！但这座岛上连棵树都没有！"

在出口处有一座半隐蔽的菜园，地方不大，但也足够种着几排红薯、竹芋和山药。几棵香蕉树和甘蔗为花园增添了些风景，还有一丛小乔木，但那时候我还不知道它的名字：楮树。我抬头往上看：我们大概处于地下深处五到六米的地方，这是一处自然形成的凹地，随着时间的流逝，地表逐渐被腐殖土覆盖。天空被夕阳映得红彤彤的，能看到月亮和几颗星星。

"他们为什么要在地下种菜呢？"我问亨利。

"可能因为只有这样，才不会引起智利当局的注意，他们才能安稳地生活……"

阿尔弗雷德点了点头，若有所思地说道：

"肯定是这个原因。但我在波利尼西亚的其他地方也见过这种菜园，这是一种非常古老的耕种方式，可以使农作物不受烈日和风的侵袭，就像一个天然的温室……"

这时，亨利看了一下手表。

"时间很晚了，我们该回去了，不能引起总督的注意。"

"你说得对，"阿尔弗雷德回答说，"不能回去太晚。"

过了几分钟，我们骑着马，沿着拉诺拉拉库山坡，朝安加罗阿的方向往回走。温润潮湿的海风吹拂着我们，我又想起了爷爷，想起了他在1872年震惊地发现那些精心修建的、通向海边的小路。现在，我们终于有了答案：洞穴人在那时候就已经开辟了这些小路。但他们长久地生活在岛内如此隐秘的地方，这是为什么呢？在黑暗中，我突然感觉那些摩艾石像变得阴险而又狡诈，一个个全部都在说谎……

那天晚上，我们刚刚回去，总督就把我们召集过来，向我们宣布一个重要的消息：第二天，他将接受智利政府的特派密使穆诺兹先生及其夫人的正式访问。原来，密使夫妇知道我们要探索拉帕努伊岛，想见一见我们。第二天晚上七点整，我们身着盛装，来到了总督府的豪华餐厅。我只得向爸爸承认，我把那套全巴黎最好的裁缝为我量身定做的小海军服送给了洛里昂港口小混混。爸爸听了很失望，训斥了我一顿，但看到我那古灵精怪的样子，还是笑了出来。

因此，那天晚上，我只得穿着朴素的实习水手服向来访的客人打招呼。在饭桌上，一番简短的介绍之后，话题很快转移到我们的此次拉帕努伊岛之行上。我觉得大人们之间的谈话很无聊，为了打发时间，我向四处张望。这时，一名年轻女仆引起了我的注意，在此之前我从来没有见过她。后来我才知道，她是被总督夫人临时叫到厨房帮忙的。这个姑娘是当地人，名字叫洛杜，看上去十七八岁的样子。她长得并不是特别美，但她的行为让我觉得她不是一般人。每次上菜的时候，她都不慌不忙，缓缓地把盘子端上来，在桌子周围慢慢地走动。上完菜以后，她就站在厨房和餐厅之间的那扇门附近，而其他的仆人却不会站在那里。我马上明白过来，她应该能听懂我们的谈话。

"皮埃尔……皮埃尔？"

我猛然间回过神来，眯着眼看着周围。

"嗯，怎么了？"

爸爸皱了皱眉头。

"你在想什么呢？我让你去把你爷爷在复活节岛上画过的素描本拿过来，已经跟你说了两遍了，穆诺兹夫妇想看一看。"

"噢，没什么，我这就去。"

几分钟之后，我便把素描本取回来了。在穆诺兹先生欣喜地翻阅之时，我悄悄地观察着洛杜姑娘。当她瞥到那一幅摩艾石像在1872年被"拉弗罗尔"号劫掠的图画时，突然闭紧了双眼。

正在这时，爸爸说话了："我们想把这些素描本作为礼物送给拉帕努伊人……"

"您不能有这样的想法，"穆诺兹先生粗暴地打断了爸爸的话，"他们完全不懂这些画作的价值，您应该把它们送给我们尊敬的智利共和国总统亚历山德里。毕竟，拉帕努伊岛在1888年就已经属于我们智利了。"

爸爸出于礼貌，点了点头，但我知道他心里绝不会这么想。这些智利人对拉帕努伊人一点儿都不友好……他绝对不能放弃爷爷的心愿！更可恶的是，智利人还那么瞧不起拉帕努伊人！爸爸向我转过身来，把素描本又递给我：

"皮埃尔，先把画册放回去吧……过几天再说。"

几分钟以后，当我又回到餐厅时，洛杜姑娘已经不见了，那天晚上我再也没有看到她。晚餐结束后，男士们在吸烟室里喝咖啡，大人们也让我进去了，女士们在客厅里闲聊。当壁炉上的雕花大钟敲响十一下的时候，客人们纷纷站起身来，友好地相互告别。

我累极了，一回去就倒在床上，我觉得自己能一觉睡到第二天。然而，半夜两点时，我被噩梦惊醒了。

我梦到自己被一百多座摩艾石像包围了，它们变得很矮小，但眼神极其凶恶。这些恶狠狠的怪物蛮横地冷笑着，从遥远的过去向我走来，要报复当年贩卖奴隶的商人和掠夺者。它们以为我也是掠夺石像的人，于是就拽着我的头发把我拖到一个火山岩隧道里准备惩罚我。

正当它们要挖掉我的眼睛的时候，我一下子惊醒了，吓得浑身是汗。我感觉门后面似乎有一阵沙沙的声音……我迷迷糊糊地起床，走出去向走廊张望。

我隐约看到了一个身影，在爸爸的房间那边。于是，我慢慢走过去……我太好奇了。门半开着，我推开了门……一个黑色的身影蹲在床头偷偷地翻抽屉！我决定不惊动他，最好是能跟踪这位不速之客……

我悄悄溜回房间，迅速穿上衣服，趴在门后面等候。果然，不出我所料，体态如羽毛般轻盈的小偷迅速穿过走廊，跑下楼梯，朝通往花园的厨房跑去。我跟着他一路跑，跑出了总督府，来到一条通往拉诺拉拉库火山的路上。

外面一点儿月光也没有，我看不清脚下的路，而这位神秘的不速之客像小精灵一样跑得飞快！所以，我得费好大的劲儿才能跟上他。跑了半个小时以后，小偷开始往火山的方向跑，迅速爬上满是黄草的山坡。他是那么灵活，竟能够在巨大的摩艾石像之间穿梭自如！

我弯着身子向前跑，还要随时观察周围的情况。我慢慢蹲下身子，屏气凝神，努力平息剧烈的心跳。我看不到那个身影了。他到底去哪儿了？是不是发现我在跟踪他了？十五分钟过去了，我什么也没看到。除了风声和羊群脖子上的铃铛声之外，周围一点儿动静也没有……

我站起身，继续往前走，终于爬上了山顶。就在这时，我突然再次发现了那个身影，在离我两三百米的低处，他正迈着小步，往黑色的火山湖走去。然后，他坐上一只独木舟，划向湖的对面，慢慢地消失在一个岩洞里……

鸟　神

对拉帕努伊人来说，鸟神"玛克－玛克"是世间万物和人类的创造者。鸟神的形象有时是鸟头人身的，有时是一张瞪着大眼睛的狰狞面具。拉帕努伊人每年都会指定一名男子作为鸟神，以此来向鸟神祭拜。被选中的男子必须赢得一场比赛，那就是取走海鸟下的第一颗蛋。对鸟神的崇拜始于17世纪，考古学家认为它取代了拉帕努伊人对摩艾石像的崇拜。如今，在复活节岛上有几百处类似的岩刻图案。这块岩刻上面的图案就是鸟神"玛克－玛克"。

摩艾石像：复活节岛的"名片"

建造年代：13/14世纪至17世纪

建造地点：拉诺拉拉库火山坡以及普纳帕乌山上的红矿采石场

石像数量：接近一千座

材质：玄武岩和凝灰岩（一种火山石）

高度：2米至10米

重量：20吨至80吨

第七章

奇怪的仪式

由于没有船，我绕着湖边走了一个小时才走到对岸，一条荆棘丛生的小径通往一处半隐蔽的洞穴。不出我所料，小偷把独木舟藏在一块岩石后面之后，钻进了一条狭窄的、通往洞穴的隧道。我在隧道里走了十几分钟，来到了一片十分平滑的石墙前。这里的建筑竟和我们上次在洞穴里发现的一模一样……这个小偷很可能就是洞穴里的居民。在隧道深处，有一个被凿出来的巨大房间，至少有 20 米高。我往后退了几步，以防被别人发现。一座巨大的红白色摩艾石像耸立在祭台上，那祭台和我爷爷曾经看到过的石头祭台一模一样。最令我震惊的是石像的头部，与被丢弃在外面的石像不同，这座石像的头上有一顶红色的石帽。后来我才知道，这叫普卡奥，是一种用石头雕成的帽子或发髻。它的眼睛也与众不同，是用白珊瑚和黑色岩石雕刻而成的。大约有十几个年轻男子手里拿着火把，在石像周围形成一个巨大的火环，地上有一些小的陶土灯也闪烁着微光。在年轻男人们旁边，站着一名年轻女子，她对小偷说道：

"你拿到我要的东西了吗？"

"是的，拿到了。"

由于她穿着裹腰布，我一时没认出她来。但是，我马上反应过来，是洛杜！洛杜，总督府的女仆，竟是谋划这场偷窃的人……在石像的右边，一群老人站在阴暗处，其中有一位老人朝光亮处缓缓走去。我把手紧紧按在嘴上，才没有惊恐地叫出声来：他的半张脸以及两只手都烂掉了，而且肿得很大，原来，他们是麻风病人……我后来才知道，在1924年，复活节岛上有二十多名病人隐居在麻风病院。总督很清楚这件事情，但他根本不管不问……只有一些修女在照顾他们。

从那时起，病人们就被关在距离安加罗阿以及英国威廉姆森＆巴尔弗公司所在的马塔韦里很远的地方，智利政府和英国公司的官员都不愿理会这桩事。我站在离这场奇怪的仪式有些远的地方，但依然能够看到这些年轻人身上布满了深蓝色的文身，这些文身不免给人一种野性凶悍的感觉。我又联想到了波利尼西亚岛上以前的食人族……但奇怪的是，我一点儿也不害怕，反而觉得他们亲切又熟悉……那个小偷——一名年轻的拉帕努伊人，走上前去，把几本书递给洛杜，这几本书带着栗色的皮质书皮……啊！那是我爷爷的素描本！小偷恭敬地向洛杜俯身退下，洛杜则恭敬地把画册放在摩艾石像的脚下。

一名年老的麻风病人，头上戴着长长的黑色羽毛头冠，慢慢走上前去，手里握着一根雕刻着奇怪符号的棍子，他把棍子指向摩艾石像，接着，这位老祭司开始前后左右扭动身子，然后绕着石像缓缓地走动。他不时看着手里的棍子，不时摸一摸，仿佛想用指尖感受那些符号的意义。一曲哀歌从他胸间缓缓升起，接着，所有的麻风病人随他齐唱。这些此起彼伏的声音令我激动不已：时而低沉，时而激昂，仿佛在讲述一些悲伤的故事。然后，是一片沉默。洛杜跪在地上，向摩艾石像伸开双臂，随后拿起爷爷的画册走向老祭司。

"现在，我们要把摩艾石像的超自然神力释放出来，给予你部落的祖先。你准备好了吗？"老祭司点着头问。

于是，我看到了这辈子最难以忘怀的场景：几根绳索和一台木质起重架将摩艾石像轻轻地抬起来，放倒在地上，脸朝地。洛杜拿着凿子和锤头，把石像的珊瑚眼睛从眼眶里挖了出来。这时，一群患有麻风病的雕刻匠，挥舞着玄武岩和黑曜岩材质的工具，从洞穴深处来到了石像面前，在石像背面雕刻起来，刻的是瞪着大眼睛的鸟头人身像。完工后，洛杜、老祭司在其他人的帮助下，把石像埋在鹅卵石底下。在这期间，雕刻工匠们四处散开，开始在每块可用的岩石表面上刻下一些形状。我看不清他们刻的是什么，但当他们开始用凿子敲打的时候，我突然明白了：他们在雕刻新的摩艾石像……但这些石像十分粗陋，不能当作成品，而且也不可能把它们从岩石中分离出来。我看得入了迷，完全忘记了时间。他们一连几个小时都在雕刻，一直到天快亮，都完全没有停下来的意思。我没有时间等待他们完工了，趁洞穴人出来之前，我悄悄溜走了。我要尽快把这件事告诉阿尔弗雷德、亨利和爸爸。虽然我还无法真正理解刚刚看到的那些，但我隐约感到自己能帮助他们揭开复活节岛的一部分秘密……

"你讲的这些事情真是太奇怪了！"亨利重复了不下十遍，一脸怀疑地看着我。

我们四个人坐在餐厅的桌子旁边。还好，我在早餐之前及时赶回来了。每天早上八点半，总督夫人就为我们准备好了早餐。爸爸对昨天夜里发生的事一无所知，当我告诉他爷爷的画册被偷走，落到洛杜手里的时候，他十分气恼。

"不过，至少现在画册回到了拉帕努伊人手里"，爸爸安慰自己说，"但我更希望亲手交给罗阿丽泰或者认识她的人，我必须得跟这个女孩谈谈……你说她叫洛杜？"

"皮埃尔，接着说说你看到的奇怪的仪式吧。"亨利打断了爸爸的话，"你说有个戴着黑色羽毛头饰的祭司，手里拿着一根雕刻过的棍子……刻的是什么呢？是画吗？"

"我也说不上来……远远看去像是排列整齐的小图形。"

阿尔弗雷德坐在我的右边，一边听一边记笔记。

"有可能是一种文字，"他慢慢地说，"你所描述的像是象形文字……如果是这样的话，我们的探索将变得意义重大，因为到目前为止，人们并不相信波利尼西亚人发明过自己的文字。当今的考古学家一致认为，最早的文字是由苏美尔人在公元前三千五百年创造的！如果我们能辨认出拉帕努伊人的文字的话，我们一定会对拉帕努伊岛的历史和祖先有更深的了解。"

"我不明白的是，在洞穴内怎么会有摩艾石像，而且保存得那么好……"亨利嘟囔了一句。

"你觉得这座石像说明了什么？"阿尔弗雷德打断亨利的话，向我问道。

我努力回想洛杜说的话。

"呃……那个年轻女孩说到祖先，还有部落……"

阿尔弗雷德抬头看着天空，轻轻咬着手中的笔。

"我们或许可以认为那些摩艾石像代表先前的部落首领们。在漫长的岁月中，人们逐渐将它们神化。早先的拉帕努伊人一定相信这些'高位截瘫者'能够保护他们，为他们提供水和食物。因此，人们必须崇敬它们，这就解释了洞穴人为什么把石像供奉在石头祭台上。每个部落都有自己的祭台，有自己的摩艾石像，它们的眼睛应该就像你看到的那样……眼睛，在我看来，是神力的象征，是眼睛赋予神灵以力量。"

"你认为岛上有多少个部落？"我问道。

"根据曾经来过岛上的探险家和科学家们所发现的摩艾石像的遗迹，我想应该有十多个吧。"阿尔弗雷德回答道。

"你说的有道理，"亨利被说服了，"可是为什么有些石像被弃置在火山山坡上而不是被立在石头祭台上呢？它们为什么没有眼睛？"

"摩艾石像是从凝灰岩里开凿出来的，而且我们知道，对于雕刻工来说，火山就是他们的采石场或工作场地，"阿尔弗雷德说，"可能拉帕努伊人没有时间完工，也没有时间把它们搬运到海边吧。这些石像乍一看似乎是被一次突如其来的山体滑坡吞没了半边身子……"

"这一点应该承认，"这时，爸爸加入了讨论，"但这并不能告诉我们这座保存完好的石像为什么出现在洞穴里！而且，为什么人们要把它推倒在地？为什么又把它埋在鹅卵石底下？它和我父亲的画册又有什么关系呢？"

"居住在洞穴里的拉帕努伊人或许认为这些画册上画着摩艾石像，所以也有神力？"亨利猜测道。

这时，阿尔弗雷德突然从椅子上跳了起来。

"我知道了！"他感叹道，"之所以这些摩艾石像都倒在地上，很可能是因为拉帕努伊人不再相信它们的超自然神力了！出于某种我们不知道的原因，在历史上的某一时期，他们抛弃了这些神灵，转而崇拜其他神灵，这种事情在很多传统部落是经常发生的。"

"是的，是这样的……"亨利搓着下巴喃喃地说，"而且，这一切极有可能跟那些鸟类或鸟头人身岩刻有关。你们还记得那些岩刻吧……我们在洞穴里看到了许多岩刻！"

我思考了一会儿，还是有点儿困惑。

"我们一起来回想一下吧……"阿尔弗雷德接着说，"拉帕努伊人曾经信奉摩艾石像的超自然神力，但后来他们改变了想法……他们不再信奉摩艾石像了。然后发生了什么呢？他们推翻了、打碎了这些神像，所以当欧洲人来此探险的时候，他们才很少看到石头祭台上有石像，是这样吗？"

"我们也可以认为部落之间出现了激烈的斗争。"亨利反驳说，"在这种情况下，敌对部落之间相互打倒对方的神像以解决冲突……"

阿尔弗雷德摇了摇头说：

"亨利，我不同意你的说法。谁说部落之间有冲突？我觉得并没有什么仇恨，他们只是小心地将摩艾石像放在地上，然后在它们背后刻上岩刻，赋予它们一种新的象征意义，就像昨天夜里皮埃尔看到的仪式那样……"

"呃……我不太明白。"我举起手提问，就像在学校里那样。

"拉帕努伊人资源很少，"阿尔弗雷德说，"他们必须节约原材料，所以，他们不会摧毁摩艾石像，而是让它们有其他的用途。他们会借用摩艾石像来向新的神灵致敬，比如说亨利提到的鸟头人身像。这就解释了人们为什么会在石像的背部雕刻……"

"可是，为什么拉帕努伊人不再相信摩艾石像的神力了呢？"爸爸问道。

我们面面相觑，谁也没有说话。过了一会儿，阿尔弗雷德站起来，神情坚定，把拳头支撑在桌子上，俯身对我们说：

"要想知道这一切的话，只有一个办法：说服洛杜和麻风病人们，让他们亲口告诉我们……"

第八章

意外的真相

啊，我的小读者们，故事讲到这里，已经快要接近尾声了。此刻，无数的回忆在我的脑海中浮现，它们有的让我高兴，有的却令我伤心。我必须向你们承认，当时我们费尽心思想要与洛杜取得联系，却不幸被泼了冷水。很多当地人试图打消我们这个念头，并告诉我们说："她根本不了解复活节岛的过去，一准会跟你们胡说八道！"但现在我相信，他们其实是在嫉妒她罢了。后来，我们得知她住的地方离麻风病医院不远，便去找她。我们相信她会乐意和我们聊聊，但没想到她却把我们拒之门外！她住在一个砖石房子里，房子被几棵枯棕榈树围着，好像是被人遗弃在那儿似的。那几天，我们天天在她家门口坐着干等，然而没有一点儿成效……最后，我爸爸生气了，他狠狠地捶打着门，并且高声喊道：

"小偷！把我父亲画的画还给我！"

门突然开了，洛杜怒气冲冲地出来了。

"你凭什么叫我小偷！？另外，鬼知道你说的是哪些画？"

爸爸心里的怒火一下子熄灭了，像阿尔弗雷德、亨利和我一样，一声不吭。眼下，我们绝对不能将我目睹了他们的秘密仪式之事泄露出去，也决不能告诉他们，我们已经知道了是她一手策划了偷拿爷爷画的事。差一点儿，爸爸就要泄密了……突然，从小破屋里传出一阵颤抖的声音：

"让他们进来吧……"

在这个女孩儿身后，我认出了，是那个大祭司。在昏暗的光线中，他半躺在一张小破床上，身上盖着用桑树皮做成的粗布，被麻风病摧残的脸被一条披巾遮盖着。他的双眼乌黑明亮，仔细打量着我们每一个人。接着他示意我们坐在铺在地上的席子上。

他望着爸爸说："我知道您是谁。"

紧接着，他又面向我说："你，我也知道。"

然后，他把头转向阿尔弗雷德："你们来这里想干什么？"

"我们希望能够根据岛上老人们的回忆，收集一些信息，能够更好地了解你们的历史。"阿尔弗雷德回答说。

老人突然发出一种奇怪的声音，就好像一阵难忍的抽搐袭来，原来他是在大笑。

"我们的历史？哈！哈！哈！它早就被你们这些欧洲人以及那些秘鲁人和智利人给毁了……五十多年前，我的整个部落都被那些残暴之徒从海上带走了。"

"没错……但是我们，也就是现在和你讲话的这些人，我们并非残暴之徒。"阿尔弗雷德平静地说，"我是一名人类学家，这位是我的同事，叫亨利，是考古学家。我们对复活节岛很感兴趣，为此我们制定了一个目标：以了解岛上更多的情况为使命，将复活节岛居民的过去重现于众。"

大祭司先是犹豫了一会儿，随后唱起了歌。我听不懂他唱的是什么，但阿尔弗雷德随后帮我翻译了一下，毕竟他懂很多种波利尼西亚语。歌词大意是这样的：

霍图·玛图阿，我们的第一个酋长，

带着手下，驶着一艘小木船，

抵抗着海浪的摧残，寻找栖息之地，

漂洋过海，夜以继日；

他们来自远方，带着胜利者的喜悦，

找到了地平线之外的这片土地，

霍图·玛图阿于是踏上了世界之脐，

——世界的尽头。

他停下了，喘了口气，接着说：

"根据这座岛的传说，我们的祖先被称作短耳人，是最先到达拉帕努伊岛的人。后来，有一大，另一群人驾驶着大平底船从太阳升起的地方来到这里，从海上登陆。他们又矮又壮，戴着漂亮的头巾，耳垂上穿着孔，挂着一些木块做的耳夹，因此，他们被称作长耳人。据说他们定居在岛屿北部，在维纳普和奥隆戈。短耳人将他们的女儿嫁给长耳人，于是长耳人就成了这儿的主人。我就是长耳人的后代。"

亨利和阿尔弗雷德目瞪口呆地听着。

"您说长耳人是从太阳升起的地方来的？所以他们来自

东方？”

“对……”

“在东边唯一的陆地就是拉丁美洲啊！”亨利兴奋地说。

我还从来没见过他如此兴奋。他再也坐不住了，开始在屋里走来走去，显然在思考着什么。

“对，这就对了！我们在洞穴的长廊里发现的那些光滑整齐的墙，就是由那些印加人打造的！这一点显而易见！至于那些类似于猴子脸和美洲狮脸的图案……这些动物就生活在拉丁美洲！这些人在塑像、绘画和雕刻的造型及风格方面的造诣如此之高，而我总算知道这一手艺来自哪里了！这里原本居住着两类不同的人种！波利尼西亚人获取了印加人的知识，而印加人是建造方面的大师。与此同时，印加人又吸收了复活节岛当地的传统。没错，就是印加人建造了摩艾石像和石头祭台！如果真是这样的话，朋友们，我们已经揭开了复活节岛上的一部分秘密了。摩艾石像根本就不是史前古物，它们很有可能是在中世纪末被建造的！”

我当时并不知道，印第安文明在13到16世纪的拉丁美洲发展迅速，对于这一点，我的小读者们应该是知道的。《丁丁历险记》的其中一册在《太阳神的囚徒》中，丁丁遇到的人就是他们！确切地说，正是这一充满创造力的种族建造了那些宏伟的神庙。他们征服了广阔的土地，从现在的哥伦比亚南端一直延伸到智利和亚马孙森林。在1924年，没有人相信印加人会像欧洲人一样征服太平洋，抵达波利尼西亚岛。人们忘记了他们其实经常远航，甚至将足迹踏上了南美大陆以西1000千米的太平洋上的加拉帕戈斯群岛。几年之后，挪威考古学家托尔·海尔达尔在那儿发现了来源于南美洲的陶器，才印证了这一事实。

但是，亨利弄巧成拙……他一激动，就把我们知道地下通道这件事的秘密给暴露了。很快，洛杜和大祭司就意识到了这点……我们预料他们一定会很生气，尤其是我们向他们坦白了我偷偷见证了他们推倒摩艾石像的仪式之事。

在1860至1870年，从第一次捕猎奴隶活动开始。复活节岛的居民陷入悲惨的境地。虽说有几个传教士来这儿提供过一些帮助，但也无济于事，岛上的人已经不愿相信外来人了！就像我们后来知道的那样，他们当中的一部分人逃到了之前由印加人建造的那些熔岩隧道里面。他们拒绝为威廉姆森＆巴尔弗公司提供廉价的劳动力，于是便像他们祖先那样耕种菜园，自给自足。令人欣慰的是，有五十多个人成功避开了智利的人口调查，在几十年间一直以不为人知的方式秘密生活着。洛杜在这个近半数都染上麻风病的群体中的地位很特殊。她认识总督一家，在他们马塔韦里的农场得到了一份正式工作；她与一些公司职员里应外合，尽可能地偷些东西，比如几只羊，供她的群体使用！

他们意识到了我们已经识破了他们的秘密，但令我们意想不到的是，他们并没有生气，在得知我们并没有将此事告诉总督之后，他们长舒了一口气。这时，老祭司靠近我们，用他那变了形的嘴唇挤出一丝笑容，而这也是他第一次朝我们真诚地微笑：

"你们还没有问我的名字：我叫阿塔木……"

没错，我亲爱的小读者们……不经意间，我们找到了当年我爷爷在这里暂居时的一个伙伴。1872年，阿塔木三十多岁，是个身强力壮的年轻人，正是他带着爷爷找到了倒在地上的摩艾石像。他奇迹般地躲过了那些对奴隶的捕杀活动，而罗阿丽泰、吴伽和皮特罗等人都被强行带走，可能已经死于虐待和疾病。然而，我们在拉帕努伊岛遇到的上述这些事还不是最神奇的……在这个值得纪念的揭秘之日的第二天，复活节岛上的一个年轻人来总督府通知我们，说我们被邀请去拉诺拉拉库的一个摩艾石像的岩洞里做客。当我们到那儿的时候，阿塔木坐在一个石椅上，头戴公鸡羽毛制成的黑色头饰，手里握着一根大长棍子，棍子上刻满了神秘的符号。所有的洞穴居民都簇拥在他的身旁。而且我注意到，那些负责雕刻的人离他最近，就好像是他的近身侍卫在保护他一样。阿塔木用棍子使劲敲了一下地，要求大家肃静。

"长久以来，我们以少数人的力量团结在一起，想要保护祖先们留下的传统，并且重建我们的历史。"他开始讲话，"我们藏身于地下的熔岩隧道中，将这里作为我们的雕刻室，再造先人的物品。但是现在，我已经走到了我人生的尽头，很快便不能继续引领你们从事这项事业了。我已经力不从心了。"

阿塔木哽咽了一会儿，情绪激动，随后将手指向我们：

"我希望你们能够信任这几个人，他们虽然不是我们当地的居民，但却已经证明了一点，那就是他们真心地想帮助我们，帮我们追寻拉帕努伊的历史，而且他们的决心足够坚定。"

这时，洛杜向前走了几步，双手捧着一些雕刻着符号的小木板，然后把它们放在我们脚边。接着，她又拿来了几根箭、几个小木雕像和几个保存在稻草盒里的小型神灵像……我很快就认出了这些珍宝，它们就是我们第一次在火山内部探险时所见到的东西。阿尔弗雷德后来告诉我说，他在那一刻突然怀疑起来：这些东西是原迹还是仿制品？

"我的离开也就意味着，长耳人的最后一代男性后裔就要从世界上消失了。"阿塔木继续说下去，"我不想被埋葬在墓地里。根据我们祖先的传统，我们族人的骨灰应该被埋在保佑我们族群的那座摩艾石像下面。但不幸的是，那座摩艾石像在1872年的时候就已经被'拉弗罗尔'号船队带走了。如你们所知，我那时无法阻止那次侵略。于是，我便请我的族人们给我复刻了一座石像，好让我能长眠于此。我们就是在这个岩洞里建造了它，以神圣的火山石为原料，仿照祖先们的方法雕刻而成。我们用绳子把它抬起来，背诵吟唱诗歌，并且还找到了那些'会说话的木头'，即'朗戈郎戈'，它们是先前的祭司和圣人们在宗教仪式上用到的东西。但无论怎么努力，我们也没能使这座摩艾石像移动半步，更别提让它从这里出去了。但据传说，石像们曾经就是自己移动出去的。它们拥有超自然神力，并借助着'会说话的木头'，沿着路从火山里走出去。如果有一天，你们能够解读出那些刻画在木头上的符号的含义，或许就能重新让摩艾石像行走了……"

我目瞪口呆地听着。那些摩艾石像能够自己行走……那些'会说话的木头'承载着一种特殊的文字，是世界上独一无二的存在，就连语言学家们都毫不知情，这些复活节岛居民仿刻了先人的东西……刹那间，一种奇怪的感觉在我心里油然而生，我觉得过去和现在交织在了一起。阿塔木看上去坚信他自己刚才说的话都是事实。我将头转向阿尔弗雷德，傻傻地问他：

"石像能够自己移动?！"

很显然，他又要笑话我了！

"你还当真了？"他大笑起来。

然而，他并没有给我一个满意的答案……考虑到这些石像的重量，以及火山和海边之间约十五千米的距离，人们很难想象出岛民的祖先到底是如何把石像移出去的。亨利认为，他们可能是将圆木作为轮子，将木拖板放在上面，然后将石像拖出。毕竟这种运输手段以前就存在于波利尼西亚地区。但是，这个解释似乎行不通，因为其中还存在一个细节问题，就像我之前提到过的那样：这个地区没有森林，所以也没有木头。

阿塔木继续说着，但后面的话其实是专门对亨利和阿尔弗雷德说的：

"专家们，未来等待着你们的将是一项漫长并枯燥的工作。不过现在，我愿意跟你们讲述一下关于本岛的最后一个传说。很久很久以来，在每个重大事件的前夜，这个传说总会被提起。相传某一天，一场严重的干旱降临至此，于是，在每个夜晚来临的时候，祭司们就为我们的祖先祈福，但是长耳人的神灵们却听不到祷告，他们的耳朵听不见了。于是，祭司们就商议说，应该建一些更大的雕像来讨好他们。然而，大家的努力都白费了。人们心中的怒火越来越大，以至于在短耳人和长耳人之间爆发了一场战争。相传，长耳人失败了，他们失去了原有的权力，而且惨遭屠杀……"

话音落下，永恒般的寂静笼罩着人群，久久没有散去。随后，阿塔木缓慢地示意洛杜向前走。这次，他将头转向爸爸。他声音颤抖着，道出一个足以打破我平静生活的惊天秘密：

"洛杜不是我的孙女。她的祖母叫罗阿丽泰，祖父叫皮埃尔·洛蒂。在她的父母离开后，她一直是由我照顾。我想问问您，您能接受她成为您家里的一员吗？"

今天的复活节岛

拉帕努伊岛（即复活节岛）自 1888 年起归属智利。后来十几年间，被智利政府租给英国威廉姆森＆巴尔弗公司用来饲养羊群。1966 年，拉帕努伊人取得了投票权之后，也取得了复活节岛的治理权。如今，岛上的常住居民大约有 5000 名，经济来源主要为旅游业。

每一座摩艾石像都代表着复活节岛上一个部落的祖先。部分石像的头上戴着一个用凝灰岩制成的"红帽子"——被称为"普卡奥",伫立在海边的石头祭台上。每个部落都有自己的石台——被称为"阿胡",石台下方埋葬着已经去世的部落成员。大部分摩艾石像头顶不戴帽子,并且只有上半身,伫立在拉诺拉拉库的火山坡上以及火山口附近,这座火山是摩艾石像的建造地点。然而,还有许多在当时没有完工的巨型石像,如今还留在那里。

结束语

好了，我的小读者们，这就是我们家与复活节岛之间的神奇故事。在那段令人刻骨铭心的日子之后，我们一直和洛杜保持着联系。爸爸经常给她寄钱过去，帮她改善生活条件。在阿塔木去世以后，洛杜离开了拉帕努伊岛，在塔希提岛定居，在那里，她找到了很多复活节岛的后裔，这些人都是在19世纪后期逃难过去的。我经常邀请她来法国，我们俩对关于拉帕努伊岛的考古发现和科学研究都非常感兴趣。

说到这里，我们不得不承认，至今仍有很多谜团还没有被揭开：关于棍子上的叫作"朗戈郎戈"的神秘文字，没有人能够识别；关于当地人将巨大的石像移出去的办法，我们一直都不敢妄下结论；关于当地居民不再崇仰摩艾石像的理由，我们也还不清楚……当然了，自 1924 年以来，考古学家们还是有一些发现的。对地面土壤的研究表明，在很久以前，有一大片森林覆盖着整座岛屿，一直到 16 或 17 世纪，岛上的居民都从来没有缺过木头！他们可以毫不费力地制作杠杆、圆木和拖板，用它们来运输石像。但是我们并不知道，森林究竟为什么会消失。

不过，我们已经对那些刻在石像、岩壁和岛内许多岩石上的图画有了足够的了解，知道了那些图其实是代表着鸟神——玛克－玛克。这种鸟人崇拜一直延续到 19 世纪 60 年代。总之，今天没有人再相信，复活节岛的居民原是史前某个被遗忘的部落的后裔！波利尼西亚人的祖先可能是在公元前 1500 年左右离开东南亚（中国台湾附近），然后逐渐征服了太平洋。拉帕努伊岛是波利尼西亚群岛中最为孤立的一座，也是最后一座被殖民者占领的岛屿。

大约在 8 世纪到 11 世纪，马克萨斯群岛的原住居民占领了拉帕努伊岛。他们是第一批来到岛上定居的移民，这是岛上第一次人口迁徙。但印加人真的是在几个世纪之后来到拉帕努伊岛定居的吗？于我个人而言，我愿意相信事实如此，毕竟，这件事发生的可能性很大，而且更重要的是，它能够很好地解释复活节岛上的一些秘密。另外，这也能再次表明，不同文化之间的碰撞和融合能够创造出精妙绝伦的艺术作品。

Les Mystères de l'île de Pâques © Bayard Editions, France, 2015

Author：Sophie Crépon

Illustrator：Erwann Surcouf

Simplified Chinese edition arranged through Dakai Agency

Simplified Chinese Translation Copyright © 2024 by Beijing Red Dot

Wisdom Culture Developing Limited Co., Ltd

著作权登记号 图字：01-2024-1183

本书地图系原书插附地图，审图号为 GS（2024）0919 号。

图书在版编目（CIP）数据

复活节岛神秘石像 / （法）索菲·克雷朋著；（法）埃尔万·苏古夫绘；夏冰洁译 . — 北京：北京科学技术出版社，2024.5

（历史之谜少年科学推理小说）

ISBN 978-7-5714-3352-9

Ⅰ . ①复… Ⅱ . ①索… ②埃… ③夏… Ⅲ . ①儿童小说 - 中篇小说 - 法国 - 现代 Ⅳ . ① I565.84

中国国家版本馆 CIP 数据核字（2024）第 007520 号

特约策划：红点智慧	**电 话**：0086-10-66135495（总编室）
策划编辑：黄 莺	0086-10-66113227（发行部）
责任编辑：郑宇芳	**网 址**：www.bkydw.cn
营销编辑：赵倩倩	**印 刷**：保定市中画美凯印刷有限公司
责任印制：吕 越	**开 本**：889 mm × 1194 mm 1/32
出 版 人：曾庆宇	**字 数**：58 千字
出版发行：北京科学技术出版社	**印 张**：3.25
社 址：北京西直门南大街 16 号	**版 次**：2024 年 5 月第 1 版
邮政编码：100035	**印 次**：2024 年 5 月第 1 次印刷

ISBN 978-7-5714-3352-9

定 价：25.00 元